LA ESTRELLA
DE SAN VALENTÍN

EL CABALLO VOLADOR

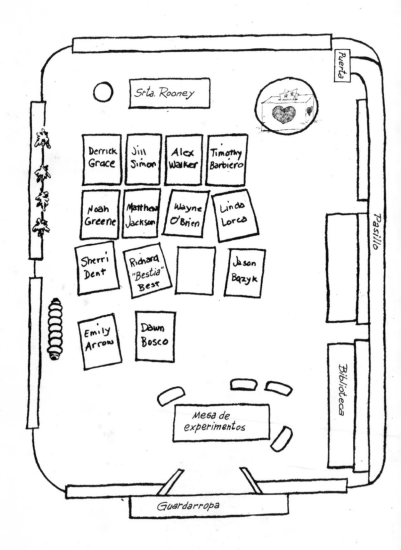

EL CABALLO VOLADOR

LA ESTRELLA
DE SAN VALENTÍN

por
Patricia Reilly Giff

Ilustraciones de Blanche Sims

ANOTHER LANGUAGE PRESS

Título original:
THE VALENTINE STAR
Traducción de Consuelo González de Ortega

A
Therese Rooney.
La Autora

Edición especial para:
Another Language Press
Cincinnati, Ohio
© 1998

ISBN 0-922852-47-2

Impreso en España - Printed in Spain

Impreso en Industrias Gráficas Castuera, S.A.
Poligono Industrial de Torres de Elorz (Pamplona) - Navarra

Capítulo 1

Emily Arrow cruzó corriendo el patio del colegio.

—Vamos, Uni —dijo, mientras sostenía en alto a su pequeño unicornio de goma.

Saltó por encima de un montículo de nieve.

—¡Más de prisa! —gritó—. ¡Más de prisa!

—Espera —dijo una voz tras ella.

—La más rápida del mundo —dijo Emily.

—¡Eh! —insistió la voz.

Emily se volvió a mirar. Era Sherri Dent.

—¿Jugamos a algo? —chilló Sherri.

Emily negó con un movimiento de cabeza. Deseaba seguir corriendo con Uni.

Corrió hacia el montón de nieve más alto. El que estaba próximo a la cerca del colegio.

Sobre aquel montón los alumnos no debían saltar.

Pero Emily corría muy de prisa. Demasiado de prisa para poder detenerse.

A todo galope se lanzó hacia lo alto de aquel montón.

Y descendió por el otro lado.

En aquel momento la señorita Rooney hizo sonar el silbato.

Se había acabado el recreo.

Emily volvió a cruzar el patio a todo correr para ocupar su sitio en la fila.

Sherri Dent estaba ya allí. Se volvió y sacó la lengua a Emily.

Tenía la lengua tan puntiaguda como la cara.

Emily la miró fijamente.

Luego abrió la boca.

Y la cerró de golpe con un chasquido.

«La *Cara de Pez* te desafía, Sherri Dent» —dijo Emily para sus adentros.

Sherri levantó la mano y la agitó varias veces en el aire.

—Vamos, de prisa —apremió la señorita Rooney—. Tengo una sorpresa.

—Señorita Rooney, Emily Arrow ha estado jugando en el montón de nieve —acusó Sherri Dent.

La señorita Rooney miró a Emily con el ceño fruncido.

Emily bajó la cabeza. No le gustaba que la señorita Rooney frunciera el ceño.

La profesora condujo la fila hacia la puerta.

Emily asomó la cabeza desde detrás de Jason Bazyk.

Pudo ver a Sherri en el principio de la fila.

Lástima que no estuviera más cerca.

Si hubiera estado cerca, a Emily le habría gustado dar a Sherri un puntapié en aquellas espinillas que parecían palillos de tambor.

Ya en clase, Emily se apresuró a colgar su chaqueta. Guardó a Uni en el pupitre.

—¿Todo el mundo preparado? —preguntó la señorita Rooney.

Emily se sentó muy erguida. Recordaba que la profesora había hablado de que tenía una sorpresa.

—Hoy es diez de febrero —dijo la señorita Rooney—. ¿Recordáis lo que pasa dentro de cuatro días?

Dawn Bosco levantó la mano. Lo mismo hizo Emily.

—Dime, Dawn —pidió la señorita Rooney.

—Es el día de San Valentín —contestó Dawn.

—Exacto —asintió la profesora.

Y sacó una caja de debajo de su mesa. Estaba cubierta con papel rosado brillante. En el centro había un gran corazón rojo.

—Éste es nuestro buzón de San Valentín —dijo—. Lo dejaré en la entrada de la clase.

Emily volvió a levantar la mano.

—¿Es que vamos a escribir cartas de San Valentín?

La señorita Rooney sonrió.

—Nos esforzaremos por conseguir palabras que rimen. Haremos cartas en verso.

—Yo sé un poema —dio Matthew Jackson—. Las rosas son rojas y las violetas, azules. Podríamos ir al zoo el lunes.

Todos prorrumpieron en carcajadas. Incluso la señorita Rooney.

—Yo también sé uno —anunció Dawn—. De Best, viene «Bestia» el mejor de la clase ésta.

—Ya sé lo que quieres decir —dijo Richard Best, el mejor amigo de Emily, fingiendo que se caía del asiento.

—Yo no —contestó Dawn, poniéndose un poco colorada—. Lo he dicho sólo porque rima.

Emily se echó a reír. Richard era un chico muy divertido. Todos le llamaban «Bestia».

—Todos escribiréis cartas maravillosas —dijo la señorita Rooney—. Pero no las firméis.

—¿Será como el juego de «Adivina quién te dio»? —dijo Emily.

—Exactamente —asintió la señorita Rooney.

Junto a Emily, Dawn sacó su estuche de lápices.

Dawn tenía el mejor estuche de lápices de la clase.

—Tengo una caja de estrellitas adhesivas —cuchicheó Dawn—. Voy a escribir una carta estupenda para la señorita Rooney.

Emily miró por la ventana.

Deseaba tener también estrellitas adhesivas.

La amable Dawn tenía estrellitas rojas, verdes, doradas y plateadas.

Dawn era una niña con mucha suerte.

Dawn empujó la caja hacia Emily.

—Toma alguna —ofreció.

Verdaderamente Dawn era muy amable, pensó Emily. Y se acercó la caja.

Tomó cuatro estrellitas rojas y dos doradas de las ofrecidas por Dawn.

Sherri Dent se volvió para mirar a Emily y Dawn.

Levantó la mano y dijo a la señorita Rooney:

—Yo no puedo pensar con todo este alboroto.

La señorita Rooney reprendió a Emily y a Dawn con un movimiento de cabeza.

Emily esperó a que la señorita Rooney se sentara.

Entonces miró fijamente a Sherri.

Esperaba que Sherri no volviera la cabeza.

Porque le pondría la cara de pez.

Sacaría la lengua y se miraría la nariz para ponerse bizca.

Mientras esperaba a poder hacerlo sacó papel.

Escribiría una carta de San Valentín a la señora Paris, la profesora de recuperación de lectura.

Y la adornaría con una preciosa estrellita roja arriba.

Capítulo 2

Después de la comida la señorita Rooney les mostró un retrato.

—Es Abraham Lincoln —dijo.

Emily contempló a Abraham Lincoln. Llevaba un gran sombrero negro.

—Fue un presidente —dijo Linda Lorca.

—Cierto —asintió la señorita Rooney—. Su cumpleaños es el doce de febrero.

Emily podía ver que su amigo Richard Best estaba dibujando a Abraham Lincoln.

—¿Quién puede decirnos algo más sobre él? —preguntó la señorita Rooney.

—Está retratado en las monedas de un penique —informó Wayne O'Brien.

—¿Algo sobre su vida? —preguntó la señorita Rooney.

Timothy Barbiero levantó la mano.

Emily habría querido levantar la mano también.

Pero no sabía una sola cosa sobre Abraham Lincoln.

En ese momento se abrió la puerta.

Era el señor Mancina, el director.

—¿Puedo hablar contigo un momento? —preguntó a la señorita Rooney.

—Acabad el ejercicio de la pizarra —dijo ella a los niños.

Todos se habían puesto de pie. Emily intentaba estar más derecha que nadie.

Esperaba que la señorita Rooney se fijase en ella y la nombrase encargada de la clase.

La señorita Rooney, de pie, paseó la vista alrededor.

—Emily —llamó luego.

Emily se apresuró a acudir al frente de la clase.

—Si ves a alguien que no hace su trabajo, escribe aquí su nombre.

La señorita Rooney salió del aula.

Emily fue mirando a sus compañeros.

Toda la clase estaba trabajando.

Toda, menos Matthew Jackson.

Éste estaba jugando con el lápiz.

El lápiz se le cayó al suelo.

Y rodó debajo del pupitre de «Bestia».

Matthew se levantó del asiento para buscarlo.

Emily pensó en anotar su nombre en la pi-

zarra. Pero en realidad Matthew no estaba en-
redando.

Emily se sentó a la mesa de la señorita Rooney.

Sentada allí se experimentaba una sensación maravillosa. Tomó la pluma de la señorita
Rooney.

Dibujó un garabato en una hoja de papel.

Seguramente sería maestra cuando fuese
mayor.

Debía de ser muy divertido. Y también muy
fácil.

Miró hacia la estantería del rincón, llena de
libros.

Si ella fuese maestra, tendría montones y
montones de libros estupendos en la clase.

Se fijó en un gran libro azul.

Tenía un retrato de Abraham Lincoln en la
cubierta.

A lo mejor aquel libro hablaba de la vida de
Abraham Lincoln.

Emily se puso de pie. Echaría una ojeada al
libro. Cuando la señorita Rooney volviera, ella
ya lo sabría todo acerca de Abraham Lincoln.

En aquel momento Sherri se levantó.

—No debes... —empezó Emily.

—Tengo que buscar en la estantería del rincón —contestó Sherri.

Emily miró el libro azul grande.

Confiaba en que Sherri no estuviera mirando también el libro azul grande.

—¿Qué es lo que tienes que buscar? —preguntó Emily.

Sherri no contestó.

Se acercó rápidamente a la estantería.

Emily corrió por el pasillo.

Y llegó a la estantería un segundo antes que Sherri.

Tomó el libro azul grande.

Sherri se lo arrebató de las manos de un tirón.

—¡Eh! —protestó Emily.

Sherri corrió a su asiento con el libro.

—Lo que tenías que estar haciendo es el trabajo de la pizarra —dijo Emily.

Sherri no contestó.

Estaba pasando las hojas del libro azul grande.

Emily sintió deseos de correr al sitio de Sherri.

Deseaba quitarle el libro azul.

Pero volvió a la mesa de la señorita Rooney.

Y entonces vio el trozo de tiza.

Se levantó y se dirigió a la pizarra. Y escribió *Sherri D.* en letras grandes y blancas.

La tiza arañó el encerado.

Pero Sherri no prestaba atención. Continuaba leyendo el libro azul grande.

Sherri iba a saberlo todo sobre Abraham Lincoln.

Emily no iba a saber nada.

Ni un poquito así.

Capítulo 3

La clase estaba en silencio cuando la señorita Rooney abrió la puerta.

—Me siento orgullosa de vosotros —dijo—: Aquí podría oírse hasta la caída de un alfiler.

Entonces miró la pizarra.

—¡Qué lástima! —añadió—. Veo que no todo el mundo ha estado trabajando.

La señorita Rooney fue hasta su mesa y dijo:

—Muchas gracias, Emily. Puedes volver a tu sitio.

Entonces la señorita Rooney arrugó el entrecejo.

—Me has defraudado, Sherri —dijo.

Emily recorrió el pasillo hasta su asiento.

Dirigió una rápida mirada a Sherri.

Sherri tenía la cara muy roja. Parecía a punto de echarse a llorar.

—Es la hora de escribir nuestras palabras, de deletrear —dijo la señorita Rooney—. Tres veces.

Emily sacó su libro.

La señorita Rooney levantó la cabeza de nuevo.

—En cuanto hayamos acabado esto, tenemos cosas de que hablar.

Emily escribió la primera palabra:

—Mata —dijo en voz baja—. Mata.

Emily se preguntó sobre qué iría a hablar la señorita Rooney. A lo mejor hablaba de Sherri.

Emily escribió la palabra *mata* tres veces.

—Mata, masa, maja —musitó.

«Mala» —pensó—. «Mala Sherri».

Rápidamente escribió la palabra siguiente: Ci-ga-la.

No quería pensar en los insultos que se le ocurrían para Sherri.

Al poco Sherri se puso de pie. Pidió permiso para ir al lavabo. Y salió.

—Tengo noticias muy agradables —dijo la señorita Rooney.

Todos se pusieron muy erguidos en sus asientos.

—Vamos a tener con nosotros a una estudiante de maestra —dijo la señorita Rooney.

—¡Qué bien! —dijo Dawn.

Realmente era una noticia muy agradable, pensó Emily.

En el curso anterior, tuvieron todos los meses a una estudiante de profesora en la clase.

Era la señorita Martin.

Llevaba las uñas pintadas de color púrpura y se maquillaba los ojos en tonos dorados.

Emily confiaba en que aquella estudiante fuese igual que la señorita Martin.

—¿Cuándo empezará a venir? —preguntó Dawn Bosco.

—Mañana —contestó la señorita Rooney.

«Muy bien» —pensó Emily. Mañana se pondría la blusa amarilla, la que estaba casi nueva. La que tenía unos gatitos verdes en el cuello.

A la estudiante de maestra le gustaría.

Dawn se aproximó para cuchichear:

—Tengo un vestido nuevo de punto. Tiene listas de color púrpura. Creo que me lo pondré mañana.

Emily se esforzó por sonreír a Dawn.

—Me alegro —dijo.

—También me pondré los pendientes de mariquita —añadió Dawn.

Emily miró por la ventana.

Dawn era la niña más afortunada del mundo, pensó.

Volvió la cabeza hacia la puerta.

En aquel momento Sherri abría la puerta de la clase. Tenía los ojos enrojecidos.

Pasó junto al pupitre de Emily.

Y dejó caer un papel sobre el tablero.

Emily lo cogió.

Lo desdobló con cuidado manteniéndolo debajo del pupitre para que la señorita Rooney no la viese.

Sherri había escrito con grandes letras negras:

LO SENTIRÁS

Capítulo 4

A la mañana siguiente Emily se puso la chaqueta de imitación de piel.

Debajo llevaba la blusa amarilla.

La blusa de los graciosos gatitos verdes en el cuello.

Quería estar muy guapa el día de la llegada de la estudiante de profesora.

Recorrió veloz el pasillo acompañada de Richard.

Sherri Dent iba delante de ellos.

—Vamos, «Bestia» —dijo Emily.

Y aceleró el paso para colocarse delante de Sherri.

Sherri les miró por encima del hombro.

Y también anduvo más de prisa para que no la adelantasen.

Entró corriendo en el aula.

Emily se coló enseguida en la clase, detrás de Sherri.

—Hoy todo el mundo parece tener prisa —observó la señorita Rooney.

Había alguien junto a la señorita Rooney.

Tenía que ser la nueva estudiante de profesora.

No se parecía en nada a la señorita Martin.

No llevaba las uñas pintadas de color púrpura.

Ni los ojos maquillados en tono dorado.

No llevaba ningún maquillaje en los ojos, ni lo necesitaba.

Llevaba una chaqueta amplia de color rosa. Y era diez veces más bonita que la señorita Martin.

Emily se quitó su chaqueta de piel sintética.

Se arregló la blusa.

Confiaba en que la estudiante de profesora viese los gatitos del cuello.

—Os presento a la señorita Vincent —dijo la señorita Rooney.

—¡Vaya! —dijo admirado Matthew Jackson.

La señorita Vincent le sonrió.

—La señorita Vincent se quedará con vosotros esta mañana —dijo la señorita Rooney—. Así irá conociéndoos a todos.

La señorita Vincent se quitó su preciosa chaqueta de color de rosa. La colgó en el armario de la señorita Rooney.

Luego fue a sentarse en la silla vacía próxima a la mesa de ciencias.

—Es hora de trabajar —dijo la señorita Rooney—. Cuando acabéis el ejercicio de la pizarra podréis hablar con la señorita Vincent.

Sin perder un momento, Emily tomó el lápiz. Intentaría ser la primera en acabar.

Se moría de ganas de hablar con la señorita Vincent.

Se moría de ganas de hablarle sobre el buzón del día de San Valentín.

Abrió su cuaderno.

Dentro apareció la nota de Sherri Dent que decía: **«Lo sentirás».**

Emily había olvidado que la había puesto allí.

Miró a Sherri Dent.

Se preguntó cómo iba a conseguir Sherri Dent que ella lo sintiera.

Estrujó la nota entre sus dedos.

La metió en el pupitre.

No permitiría que aquella nota le estropease el día.

No se iba a molestar pensando en la malísima de Sherri Dent.

Ni siquiera pensaba mirarla.

Emily miró al encerado. Tenía que completar las frases. Llenar los espacios en blanco.

Emily detestaba ese tipo de ejercicios.

Nunca sabía cuál era la palabra exacta que debía poner.

Escribió la primera frase.

Date un baño .... veces por semana.

Emily cerró los ojos.

Su madre le obligaba a bañarse todos los días.

Entonces, seis... No, siete veces por semana.

Emily abrió los ojos.

Escribió 13 en el espacio en blanco.

Serían suficientes baños para cualquiera.

Copió la frase siguiente a toda prisa.

Bebe .... vasos de agua cada día.

Emily se puso a calcular cuántos vasos de agua solía beber.

Tomaba agua cuando se lavaba los dientes.

Pero aquello no contaba. No era más que un trago.

Pensó un largo rato.

La verdad era que no bebía agua.

Mentira. Algunas veces sí bebía. Cuando tenía ganas de salir de la clase, solía...

Miró por la ventana. A veces esto la ayudaba a pensar. Oyó decir a Sherri:

—«Es fácil». «Sencillo».

Emily bajó la vista hasta su papel. ¿Cuántos vasos de agua?

Tal vez dos.

Miró de reojo el cuaderno de Dawn.

Dawn había escrito 6.

Seis vasos de agua cada día.

Demasiados. Uno probablemente podría ahogarse.

Emily borró el 2. Y escribió un 4.

Más de dos, pero menos de seis.

Probablemente era la cantidad justa.

Emily levantó la vista. Sherri Dent la miraba fijamente. Emily notó mucho calor en la cara.

—Creo que alguien está copiando de los otros —dijo Sherri.

—Confío en que nadie mirará el trabajo de los demás —contestó la señorita Rooney.

Emily agachó la cabeza.

Malvada Sherri Dent, pensó. Era la chivata más grande de todo el mundo.

Emily confiaba en que la señorita Vincent

no la creyese una copiona tramposa. Porque ella realmente no era una tramposa.

Borró 4 y volvió a poner 2.

Empezó a escribir la tercera frase.

Nombra dos hortalizas amarillas.

Se arrodilló un poco sobre el asiento. Sherri ya había dado la vuelta al papel. Escribía muy de prisa.

Emily intentó pensar muy de prisa también.

Dos hortalizas amarillas. ¿El maíz, quizás?

Pensó en judías verdes y lechugas.

Era una lástima que la señorita Rooney no hubiese dicho hortalizas verdes.

A lo mejor la señorita Rooney se había equivocado.

Tal vez no existía ninguna hortaliza amarilla.

¿Y si se lo preguntaba a la señorita Rooney?

Emily levantó la mano.

—Sí, Emily —dijo la señorita Rooney.

—Creo que hay una equivocación —explicó Emily.

—¿Tú crees?

—¿No tendría que decir «Nombra una hortaliza amarilla»? —preguntó Emily.

La señorita Rooney movió negativamente la cabeza.

—Pues no creo que... —empezó a decir Emily.

Matthew volvió la cabeza.

—¿No conoces ninguna? ¿Sólo una? —preguntó.

Emily notó que le subía mucho calor a la cara. Se preguntó si la señorita Vincent la consideraría la más ignorante y torpe de toda la clase.

Entonces pasó Sherri Dent rápidamente por su lado.

Iba recta hacia el asiento de la señorita Vincent.

—Ya lo he acabado todo —dijo—. He escrito los nombres de tres hortalizas de color amarillo.

—Magnífico —contestó con una sonrisa la señorita Vincent.

Emily arrancó una hoja de su cuaderno. Y escribió:

Me las pagarás

La dobló en cuatro y a continuación la lanzó al pupitre de Sherri.

El mensaje aterrizó en la silla de Sherri Dent.

Perfecto, pensó Emily. Y tragó saliva.

Sobre todo tenía que evitar echarse a llorar delante de todos.

Capítulo 5

A la mañana siguiente Emily fue directamente al buzón de San Valentín e introdujo tres cartas.

Una para Dawn Bosco. Otra para «Bestia». Y otra para Timothy.

Todavía le quedaba por hacer un montón de cartas.

Pensaba escribir una carta para cada uno de la clase.

Para todos menos para Sherri Dent.

Emily fue al guardarropa. Sherri estaba allí también.

Emily hizo un gesto desdeñoso.

Colgó su chaqueta. Luego se fue a su pupitre.

Dobló en cuatro una hoja de papel. Escribiería una simpática carta de San Valentín.

Tomó su lápiz rojo y escribió:

La señorita Vincent no es un leño
es bonita como un sueño.

Pegó una estrellita roja en la parte superior.

A la señorita Vincent le gustaría.

A la señorita Rooney, también.

Emily había utilizado dos de las palabras que habían estado deletreando.

Al pie de la rima añadió:

Adivina quién soy.

Se acercó al buzón de San Valentín y echó la carta.

En aquel momento se abrió la puerta. Era un empleado de la oficina.

—Haga el favor de pasar un momento por dirección —dijo a la señorita Rooney.

—En seguida —contestó ella. Y mirando a la señorita Vincent, añadió—: ¿Preparada para dar su lección?

—Sí, sí.

La señorita Vincent se colocó delante de los alumnos.

—Niños y niñas —empezó a decir.

Emily se dio cuenta de que nadie le prestaba atención.

Se sentó muy formalita y atenta. Esperaba que la señorita Vincent lo advirtiese.

Matthew y «Bestia» jugaban a «¿quién llega el último?».

Dawn estaba escribiendo una carta de San Valentín para el señor Mancina.

La adornaba con cinco estrellitas verdes.

La señorita Rooney dio unas palmadas.

Todos abandonaron sus ocupaciones.

—Vamos a hablar de nacimientos ocurridos en febrero —anunció la señorita Vincent.

Hablaba en voz muy baja.

Emily apenas podía oírla.

La señorita Rooney se encaminó a la puerta.

—Señorita Vincent —dijo—, procure hablar un poco más alto.

Y salió.

Delante de Emily, «Bestia» y Matthew no paraban de darse codazos.

La señorita Vincent carraspeó para aclararse la garganta.

—¿Quién conoce el nacimiento de algún personaje famoso en febrero? —preguntó.

Todos empezaron a levantar las manos.

Matthew dejó de dar codazos a «Bestia».

Y también levantó la mano.

—A ver, Michael —dijo la señorita Vincent.

Todos prorrumpieron en carcajadas.

—Es Matthew —dijo alguien.

La señorita Vincent echó un poquito hacia atrás la cabeza.

—Perdona, Matthew —dijo.

Emily miró hacia la ventana. Sherri también había levantado la mano. Con la otra sujetaba el libro azul grande.

Emily deseó que la señorita Vincent no se fijase en Sherri.

Matthew se puso de pie.

—Pues una persona famosa nacida en febrero...

—Sí —pidió la señorita Vincent.

—Mi abuelo, Devoe Jackson —contestó Matthew.

—De-vooooooe —hizo Timothy Barbiero—. Nunca había oído un nombre así.

Otra vez rieron todos.

—No sois muy amables —protestó la señorita Vincent.

—Ése no era famoso. Seguro que no —declaró Jason.

—Era muy famoso en nuestra familia —afirmó Matthew—. Tenía tres coches.

Emily miró a Sherri.

Sherri sacudía la mano cada vez con más fuerza.

—¿Quién puede decirnos otro? —preguntó la señorita Vincent.

Dawn Bosco levantó la mano.

—William Henry Harrison —dijo.

—Espléndido —asintió parpadeando la señorita Vincent.

—¿Era tu abuelo? —preguntó «Bestia».

Dawn negó con la cabeza.

—No. Fue un presidente. Me lo ha dicho mi tía Olga. El otro día fue su cumpleaños. Mi tía nació el mismo día de febrero que ese presidente. El nueve de febrero.

De repente Emily recordó. Levantó una mano y gritó:

—George Washington.

—Muy bien —dijo la señorita Vincent.

—Sé también muchas cosas de su vida —declaró Emily—. Y no he necesitado ningún libro azul.

—Todo el mundo sabe cosas de George Washington —protestó Sherri.

—Fue nuestro primer presidente —dijo la señorita Vincent.

—Yo sé todo lo de Abraham Lincoln —informó Sherri—. Le llamaban el Honrado Abe. Fue nuestro decimosexto presidente.

Sherri miró a Emily.

Sherri tenía la cara puntiaguda de una sa-
belotodo.

—Hoy es su aniversario —añadió Sherri.

—Esto está muy bien —murmuró «Bestia».

—Desde luego —dijo la señorita Vincent.

Emily se hundió en su asiento, malhumo-
rada.

Sentía ganas de golpear a Sherri en la
cabeza con un libro. Pero con el libro azul
grande.

Capítulo 6

Cuando regresó la señorita Rooney, los alumnos estaban haciendo un trabajo que había en la pizarra.

Era de matemáticas, la asignatura preferida de Emily.

Emily dibujó nueve palitos en el papel.

Luego tachó con una cruz cuatro de ellos.

Y empezó a contar:

—Si de nueve quito cuatro...

Frente a ella la señorita Rooney contaba también:

—Treinta... treinta y uno...

Estaba sumando el dinero de las comidas.

Emily escribió un cinco grande en su cuaderno.

Luego esperó a que la señorita Rooney la llamase.

Emily era la tesorera de las comidas del mes de febrero.

Era el mejor trabajo de la clase.

—Emily Arrow —llamó la señorita Rooney.

Emily se acercó apresuradamente a la mesa de la profesora. Tomó el sobre marrón con el dinero de las comidas.

Jill Simon, su compañera de las horas de comer, no estaba.

Emily echó una mirada a su alrededor.

Observó a Sherri. Le hizo una mueca despectiva.

Sherri le respondió con otra.

Luego Emily miró a Richard.

El chico hacía un dibujo. Parecía una marmota grande y gris.

Llevaba dibujando marmotas desde que se celebrara el «día de la marmota».

—Elijo a «Bestia» —dijo Emily.

La señorita Rooney asintió.

Richard soltó el lápiz y se levantó.

Los dos salieron rápidamente al pasillo.

—Me alegro de que me hayas elegido —dijo Richard.

—Yo también me alegro —dijo Emily.

—Pensé que ibas a elegir a Sherri Dent —dijo Richard.

—No. Nunca —protestó Emily.

—Es muy lista —admitió Richard—. Lo sabe todo sobre Abraham Lincoln.

Emily aligeró el paso.

—Es una sabihonda idiota. Y una acusona. Una acusona de cara puntiaguda.

—Es una chica muy buena —dijo «Bestia»—. Me regaló una barra de caramelo la semana pasada. A cambio de nada.

Emily se quedó un momento pensativa.

—Era muy buena —dijo arrugando el ceño—. Pero ya no lo es.

Entraron en la cafetería.

La señora de la cafetería los estaba esperando.

Tomó el sobre con el dinero de las comidas.

Emily y Richard volvieron al pasillo.

Se detuvieron junto a las puertas laterales. Contemplaron los montones de nieve.

—Aquí dentro se está caliente —dijo Emily.

—Sí. Hirviendo —contestó Richard.

Emily abrió un poquito la puerta.

Y asomó la naricilla.

—Huele, huele este aire —invitó Emily.

Richard olfateó.

—Huele a limpio —dijo Richard.

—¿No te gustaría salir un poco? —preguntó Emily.

—Sí. Sólo correr hasta el final del camino y volver —dijo Richard.

—Nos meteremos en un lío si nos ven —razonó Emily.

—Podemos ir muy rápidos —dijo Richard.

—Eso. Como una nave espacial —asintió Emily.

Aspiró otra bocanada de aire frío.

—¿Preparados? —preguntó Emily.

—Vamos —decidió Richard.

Empujaron la puerta hasta abrirla de par en par.

Avanzaron camino abajo. Emily sentía cómo crujía la nieve bajo sus pies.

Al llegar al final del camino tocó el poste del teléfono.

Luego regresó corriendo hasta la puerta. Y tiró del pomo.

—¡Eh! —dijo.

El pomo no giraba.

Se estremeció. La puerta estaba cerrada con llave.

—¡Recontra! —gruñó Richard—. Déjame probarlo.

Tiraron los dos a la vez.

Emily notaba el viento helado. Se filtraba por su traje de punto azul.

Miró por la ventanilla de cristal de la puerta.

Por el vestíbulo pasaban dos párvulos.

Llevaban bandejas con leche.

—Son los encargados de la comida de la guardería —dijo Richard.

Emily golpeó la puerta.

Los párvulos se volvieron a mirarles, sobresaltados.

A uno de ellos estuvo a punto de caérsele la bandeja.

Luego se alejaron a toda prisa.

Emily se estremeció de nuevo.

—Quizá deberíamos ir a la puerta principal-sugirió Richard.

En aquel momento alguien avanzaba por el pasillo.

—Me parece que es una de quinto grado —dijo Emily y golpeó la puerta.

—Oye, si es mi hermana Holly —dijo Richard.

Holly alzó la mirada.

—Richard —exclamó—, ¿es que estás loco?

—Abre la puerta, zopenco —gruñó Richard—. Vamos a morir congelados aquí fuera.

Holly empujó la puerta y abrió.

Emily y Richard se apresuraron a entrar.

—¡Uf! Se me han quedado los dedos como carámbanos —dijo Emily.

—Si mamá supiera que has estado en la nieve sin llevar las botas... —masculló Holly.

Luego sacudió furiosa la cabeza y se alejó, pasillo adelante.

Emily y «Bestia» se miraron.

—Esto fue una encerrona —dijo Emily.

—Sería mejor que volviésemos a la clase —opinó Richard.

Emily levantó la cabeza.

Sherri Dent bajaba por el pasillo camino de los lavabos. Se quedó mirándoles fijamente.

Emily miró a «Bestia».

—Vamos —dijo.

Y ni siquiera miró a Sherri, cuando pasaron por su lado.

Entraron en la clase.

—¿Nos vería fuera? —preguntó Emily.

—No lo sé. Puede ser.

Emily se sentó en su sitio.

Aún tenía frío. Y sus pies estaban empapados.

Se estiró las mangas del vestido para cubrirse un poco las manos.

Sacó su cuaderno.

45

Algo cayó fuera de su pupitre.

Era la nota de Sherri. **LO SENTIRÁS.**

Emily se estremeció ligeramente. ¿Acaso Sherri sabía...?

Emily empezó a hacer de nuevo palitos para acabar los ejercicios de matemáticas.

Capítulo 7

Después de las clases, Emily ayudó a Timothy a limpiar el encerado.

Estaba contenta de que aquel día hubieran terminado las clases.

Se alegraba de que la señorita Rooney no se hubiera enterado.

Emily había estado observando a Sherri toda la tarde.

Había estado con miedo de que Sherri levantase la mano en cualquier momento.

Emily dibujó una gran espiral con la esponja húmeda.

Probablemente Sherri no sabía que ellos dos habían estado fuera.

Claro que no lo sabía.

Emily se había estado preocupando por nada.

Dibujó una gran *N* con la esponja húmeda. *N* de *nada*.

Cuando Timothy se marchó, Emily empezó a escribir una carta de San Valentín. Una muy especial para Jill Simon.

Jill no había ido al colegio en toda la semana.

Emily intentó encontrar algo que rimase con *resfriado.*

'La última vez que Jill estuvo resfriada se le había puesto la nariz como un remolacha.

Pero no sería muy amable recordárselo.

Emily acabó escribiendo:

Eres una amiga amable.
Una amiga interminable.
(Para siempre.)

Pegó una estrellita roja en el centro.

Parecía una nariz roja. La nariz roja de Jill.

Emily rió para sus adentros. Aquello sería su secreto.

No se lo diría nunca a nadie.

Se acercó al buzón de San Valentín.

Echó la carta.

El buzón estaba ya muy lleno.

Emily deseaba que llegase el momento en que la señorita Rooney sacase las cartas. Esperaba recibir muchas.

Y ¿no sería terrible que no le hubiera escrito nadie?

Volvió a su asiento.

Sacó una hoja de papel de dibujo.

Querida Emily —escribió arriba—. Feliz día de San Valentín.

Y firmó: Adivina Quién Soy.

Colocó una estrella dorada en la parte superior.

Empezó a preguntarse si aquello estaría mal.

No. Hasta el propio Abraham Lincoln habría recibido contento una carta de San Valentín. Aunque hubiera sido escrita por él mismo.

Con todo cuidado, Emily metió la carta en el buzón.

—Supongo que no te dedicarás a husmear las cartas —dijo una voz a su espalda.

Emily se volvió en redondo.

Era Sherri Dent.

—No deberías estar aquí —dijo Emily.

—Ni tú —replicó Sherri.

—Yo sí —contestó Emily—. Me he quedado a limpiar el encerado. Tú te imaginas que lo sabes todo, pero no lo sabes.

Sherri metió su carta en el buzón.

—Sé montones de cosas más que tú —dijo—. Tú ni siquiera conoces hortalizas amarillas.

—¿Y a quién le importan las hortalizas? —preguntó Emily.

Sherri se encaminó a la puerta:

—Calla, cara de nabo —dijo.

Emily abrió la boca. Intentaba pensar algo que gritar a Sherri.

Pero, cuando se le ocurrió una idea, Sherri ya estaba a mitad del pasillo.

Emily corrió hacia la puerta.

—¡Cerebro de mosquito! —le gritó.

Luego volvió al buzón de San Valentín.

Podía ver una esquina de la carta de Sherri.

Le habría gustado mucho hacerla trizas.

Miró lo que había escrito arriba. *Para S...* empezaba.

Emily probó a pensar nombres que empezasen con *S*.

Dio un tirón del sobre. *Para Sherri,* decía.

Sherri se escribía a sí misma cartas de San Valentín.

Como una pequeñaja.

Y entonces Emily se acordó de su propia carta.

Y tragó saliva.

En ese momento entró en la clase la señorita Vincent.

—Hola, Emily —saludó—. ¿Todavía estás aquí?

Emily se sobresaltó.

—Es que estaba limpiando el encerado.

La señorita Vincent llevaba un montón de cartas de San Valentín.

—Una carta de alguien asoma por el buzón.

Emily simuló sorprenderse y se inclinó hacia delante.

—Dice *Para Sherri.*

—Me imagino que Sherri recibirá muchísimas —dijo la señorita Vincent.

—Puede —masculló Emily.

—Sherri es una niña muy simpática —añadió la señorita Vincent.

—A veces —dijo Emily.

Y se quedó pensando si la señorita Vincent consideraría más simpática a Sherri que a ella.

—Me gustaron mucho los gatitos que llevabas en el cuello ayer —comentó la señorita Vincent.

Emily sonrió. Le habría gustado preguntar si la señorita Vincent se había fijado en su abrigo que imitaba la piel verdadera.

Pero la señorita Vincent empezó a hablar de otras cosas.

—Yo tengo un gatito en casa —dijo.

—¿Como se llama?

—Jack —dijo la señorita Vincent.

—Jack —repitió Emily, e intentó poner cara de que el nombre le parecía maravilloso—. Es un nombre muy bonito.

—Es el nombre de mi novio —explicó la señorita Vincent.

Y extendió una mano.

En ella llevaba un anillo. Con un diamante deslumbrador en el centro.

—¡Qué bonito! —dijo Emily.

—Me casaré en abril. El veintiocho de abril —explicó la señorita Vincent.

—¿Va a ir alguna niña llevándole la cola? —preguntó Emily.

—No tengo sobrinas, ¿sabes? —dijo la señorita Vincent. Y sonrió al añadir: —Sherri también me lo ha preguntado.

Emily se preguntó si Sherri se habría ofrecido.

Era muy probable que sí.

La señorita Vincent empezó a meter unas cartas de San Valentín en el buzón.

Emily se imaginó a Sherri Dent con un vestido largo, de color de rosa.

Iba avanzando por el pasillo. Y llevaba una cestita de flores en la mano.

—Caramba —exclamó la señorita Vincent—. No queda apenas sitio.

—Porque casi todos se escriben cartas de San Valentín para ellos mismos —dijo Emily—. Sí. Personas como Sherri Dent.

La señorita Vincent quedó boquiabierta.

—Tengo que irme ya —dijo Emily y se puso la chaqueta.

Desapareció por la puerta antes de que la señorita Vincent pudiera decirle nada.

Capítulo 8

Emily y «Bestia» avanzaron por el pasillo.

Entraron en su clase y colgaron los abrigos.

En la mesa de la profesora había una sustituta. La maestra de cuerpo gordo y piernas flacas.

Era la señora Miller. La señora Miller el gorila.

—Hoy la señorita Rooney está enferma —dijo la señora Miller—. Mañana volverá a venir.

—Estamos arreglados —cuchicheó Emily a «Bestia».

Se sentó en su asiento.

Aquel día iba a ser un día horrible.

Emily miró por encima de su hombro.

La señorita Vincent estaba sentada junto a la mesa de ciencias.

Al verla, hizo un guiño a Emily.

Emily tuvo ganas de devolverle el guiño.

Pero todavía no había aprendido bien a guiñar un ojo.

Siempre guiñaba los dos ojos a la vez.

Confiaba en que la señorita Vincent no recordase las cosas que ella le había dicho el día anterior.

Lo que pensaba sobre Sherri Dent.

Emily no quería que la señorita Vincent la considerase mala.

En aquel momento apareció Sherri por la puerta.

La señora Miller consultó su reloj.

—Llegas tarde —dijo a Sherri.

Sherri agachó la cabeza.

—Es que me acosté tarde.

«Estupendo» —pensó Emily.

Notaba en el pecho un sentimiento maligno.

—¿Está todo el mundo en clase? —preguntó la señora Miller.

Miró a su alrededor y empezó a contar.

—Yo creo que sí —dijo la señorita Vincent—. Sí.

—Antes de que empecemos los ejercicios de la pizarra —dijo la señora Miller— tengo que deciros algo muy serio.

Emily levantó la cabeza.

Tenía una expresión muy seria.

Que lástima que la señorita Vincent no pudiera verla.

La señora Miller sacudió la cabeza.

—Unos niños estuvieron ayer fuera del colegio durante la hora de clase.

Emily sintió cómo el calor le subía a la cara.

El corazón empezó a golpearle.

—Salieron a la nieve, sin abrigos ni gorros —añadió la señora Miller.

—¿Cómo se ha enterado? —preguntó «Bestia».

—Un vecino les vio —contestó la señora Miller.

—Ah —dijo Richard.

Emily lo vio inclinarse sobre el pupitre. Richard empezó a dibujar otra marmota.

—Estamos intentando averiguar quiénes fueron esos niños —siguió la señora Miller.

Emily empezó a mirar por toda la clase.

Quería aparentar que estaba buscando a los niños.

Todos los demás miraron también a su alrededor.

De repente oyó cómo Sherri dejaba escapar un profundo suspiro.

La mano de Sherri se elevó en el aire como una saeta.

Dawn Bosco levantó la mano también. Lo mismo hicieron Linda Lorca y «Bestia».

—Dime, joven —se dirigió la señora Miller a Richard.

—¿Qué les pasará a esos niños? —preguntó Richard—. ¿Les expulsarán? O...

La señora Miller chasqueó la lengua contra los dientes y repuso:

—De eso no vamos a tratar ahora —dijo.

La señora Miller miró a los alumnos y acabó preguntando a Dawn Bosco:

—¿Qué quieres?

—A lo mejor esos niños se han puesto enfermos —sugirió Dawn—. Podría usted preguntar a todos los que hoy se han quedado en casa.

—Buena idea —aprobó Emily.

Ella nunca faltaba al colegio.

—Es una idea ridícula —rezongó la señora Miller.

Emily miró a Sherri por el rabillo del ojo. Sherri sacudía la mano con insistencia.

—¿Bien? —preguntó la señora Miller, mirando a Linda Lorca.

—Puede usted llamar al FBI —dijo Linda.

—O a la policía —sugirió Timothy Barbiero.

La señora Miller elevó los ojos al cielo.

—Nunca había oído tontería mayor. La policía está muy ocupada.

—Eso es bueno —opinó «Bestia».

—El padre de Emily es un policía —dijo Dawn Bosco—. A lo mejor él...

Emily se apresuró a negarlo con la cabeza al tiempo que decía:

—No. Mi padre está muy ocupado. Muy ocupado.

—Será mejor que hagamos los ejercicios de la pizarra —decidió la señora Miller—. Estamos perdiendo el tiempo.

Sherri Dent se puso de pie.

—Emily tenía los pies húmedos —barbotó—. Ayer. Los pies chorreando.

—Los ejercicios de la pizarra —apremió la señora Miller.

—Fue Emily —siguió Sherri—. Me apuesto algo. Hasta la vi en el vestíbulo. Muy cerca de la puerta.

—Habrá centenares de personas con los pies húmedos— replicó la señora Miller y se volvió a su mesa—. Y centenares de personas en el vestíbulo también.

—Pero... —objetó Sherri.

—¡Los ejercicios de la pizarra! —bramó la señora Miller.

Emily abrió su cuaderno.

Empezó a copiar el relato de la pizarra.

Hablaba del invierno y los resfriados.

A Emily le picaba la nariz.

No le gustaría nada resfriarse ahora.

Entonces, todo el mundo sabría que había sido ella quien había estado el día anterior en la nieve.

Emily miró a Sherri.

Sherri estaba arrancando una hoja de su cuaderno. Se produjo un sonido como un desgarrón.

La señora Miller levantó la vista.

—¿Qué estás haciendo? —preguntó.

Sherri agachó la cabeza.

—Di. ¿Qué pasa? —insistió la señora Miller.

—Estoy escribiendo una nota —dijo Sherri—. Es para la señorita Rooney.

«Bestia» se volvió para mirar a Emily.

Los ojos de Emily se abrieron de par en par.

Sabía muy bien lo que estaba escribiendo Sherri.

La malvada Sherri Dent.

Capítulo 9

Era hora de volver a casa.

Emily fue al guardarropa.

La señorita Vincent le dio una palmada en el hombro.

—Mañana es el día de San Valentín ¿lo recuerdas? —preguntó.

Emily asintió.

Al día siguiente Sherri daría la nota a la señorita Rooney, pensó.

—Podríamos hacer una carta para la señorita Rooney —propuso la señorita Vincent—. Después de clase.

—Eso estaría bien —dijo Emily intentando sonreír.

Todos se estaban poniendo en fila.

Emily fue a la mesa de ciencias a esperar.

Tal vez al día siguiente la señorita Rooney la enviase al despacho del director, pensó.

En la clase se abriría el buzón de San Valentín.

Pero ella no estaría allí para recoger sus cartas.

Emily deseaba poder contárselo a alguien. Deseaba saber qué hacer.

A lo mejor se lo podía contar a la señorita Vincent.

Miró a Sherri.

Sherri se estaba entreteniendo mucho para prepararse.

Emily deseaba ardientemente que se marchase en seguida.

La señora Miller condujo la fila hasta la puerta.

—Vuelvo en seguida —dijo la señorita Vincent—. Tengo que ir al aula de arte —añadió sonriendo a Emily.

Sí, decidió Emily. Se lo diría a la señorita Vincent.

—Ya es hora de ir a casa —dijo a Sherri.

Sherri levantó la cabeza y encogió la nariz.

—Tengo algo que hacer —dijo.

—¿Qué?

Sherri no contestó.

Emily contempló a Drake y Harry, los peces de la clase. Procuraba no pensar en que Sherri estaba allí.

Entonces reapareció la señorita Vincent. Traía un papel rosado en la mano.

—¿Es para la carta? —preguntó Sherri.

Emily miró a Sherri.

—¿Cómo sabes lo de la carta? —preguntó a Sherri.

Sherri puso una cara puntiaguda.

—Porque soy yo quien la va a hacer. La señorita Vincent me lo ha pedido.

—Os lo he pedido a las dos —aclaró la señorita Vincent, sonriendo a las dos niñas.

Emily se acodó en la mesa de ciencias.

Aquello era difícil de aceptar.

Toda la idea de la carta se había estropeado.

Y ahora ya no tendría tiempo para contarle nada a la señorita Vincent.

Deseó que Sherri Dent estuviese a cientos de millas de allí.

—¿Cómo empezaremos? —preguntó la señorita Vincent.

Emily intentó pensar en algo con rapidez. Más rápidamente que Sherri.

—Ya sé —dijo Sherri—. Podríamos decir: «Es usted una buena maestra».

—Bien —asintió la señorita Vincent—. Escribe esa frase arriba.

Emily observó cómo Sherri escribía en lo al-

to de la carta. Sus letras eran grandes y torcidas.

—Están un poco inclinadas —se disculpó Sherri—. Espero que no se note mucho.

Emily abrió la boca.

—A la señorita Rooney le va a gustar mucho —afirmó la señorita Vincent—. ¿Verdad, Emily?

Emily afirmó ligeramente con la cabeza. Pensaba que a la señorita Rooney le disgustaría mucho.

—Ahora tú, Emily —dijo la señorita Vincent.

Emily se quedó pensando.

—No se me ocurre nada que rime con *maestra* —dijo.

Sherri se llevó una mano a la boca.

—¡Oh! Se me había olvidado que era un poema.

Emily cerró los ojos.

—Siniestra. Menestra.

—Presta, secuestra, palestra —dijo Sherri. Respiró profundamente y añadió:— Muestra. Campestra. No. Sería campestre.

Emily sonrió ligeramente.

—Cuestra. No, no, es cuesta.

Luego simuló una tosecilla.

No quería sonreír por nada que dijese Sherri.

—Podemos dar la vuelta a la hoja —dijo la señorita Vincent—. Empezad arriba.

Sherri tomó el bolígrafo.

—Esta vez no pondré maestra —decidió.

Y se puso a escribir:

Querida señorita Rooney. Es usted muy buena.

—Esta rima será más fácil —dijo la señorita Vincent.

Emily intentó pensar.

—Buena —dijo—. Elena, pena, melena.

—¿Buena como una pena? —apuntó Sherri Dent.

—No. No vale —dijo Emily.

Sherri sonrió.

—Avena, cena —dijo Sherri—. Toma cena con avena.

Emily clavó la vista en el papel. Se imaginaba a la señorita Rooney cenando avena.

Hizo esfuerzos por no soltar una carcajada.

La señorita Vincent se levantó.

—Voy a buscar más papel.

—La señorita Rooney cenando avena —dijo Emily—. No. Mejor la señora Miller.

—No. La señora Miller no come avena

—contestó Sherri—. Es un lobo malo. Con un barrigón así de grande.

Emily luchaba por mantener los labios muy juntos y apretados.

Había olvidado que Sherri era una niña muy graciosa a veces.

—¿Por qué aquel día no quisiste jugar conmigo en el patio? —le preguntó súbitamente Sherri.

Emily dejó de reírse.

—Quería jugar sola. ¿Y tú por qué siempre me acusas de cosas?

—Tú me acusaste por lo del libro azul —dijo Sherri.

Emily abrió los ojos de par en par. Se le había olvidado por completo lo del libro azul.

—Fuiste muy mala —dijo Sherri.

—Me parece que sí —admitió Emily—. Pero ¿qué me dices de la nota para la señorita Rooney?

—¿Quién ha dicho que yo había dado esa nota a la señorita Rooney? Ni siquiera he vuelto a encontrarla.

Entonces reapareció la señorita Vincent.

—¿Estabais riéndoos? —preguntó.

Sherri asintió con la cabeza.

Lo mismo hizo Emily.

—Eso es bueno —dijo la profesora—. A veces las peleas empiezan por tonterías. Y se van empeorando más y más.

—¿Sabía que estábamos peleadas? —preguntó Emily.

La señorita Vincent sonrió.

—Lo que sabía es que, si estabais juntas, haríais las paces.

La profesora mostró un papel de color de rosa.

Comentó:

—Es el último que quedaba.

—Entonces hay que hacerlo bien —dijo Emily.

Y se esforzaron en pensar.

—Ya sé —dijo Emily y tomó el bolígrafo.

Una maestra maravillosa,
Que enseña miles de cosas.

Emily pasó el bolígrafo a Sherri, diciendo:

—Firma tú: *Adivina quiénes somos*.

—Muy bien —aprobó la señorita Vincent.

—Bien —dijo Sherri.

Emily sonrió.

—Me voy corriendo —dijo—. Se me había

olvidado que tengo que pasar por los almacenes A & P para comprar harina para bizcochos.

Fue al guardarropa y se puso la chaqueta.

—¡Hasta mañana! —gritó.

Mientras se dirigía a los almacenes A & P pensó en todo lo que estaba sucediendo.

Notaba una extraña sensación en el pecho.

La señorita Rooney todavía podía llegar a enterarse.

Seguramente se enteraría.

Capítulo 10

Era el día de San Valentín.

Debajo de la chaqueta Emily llevaba su vestido de fiesta de color de rosa.

Iba cargada con una gran caja.

Se detuvo delante de los almacenes A & P.

Quería esperar a «Bestia».

Holly, la hermana de Richard, cruzó la calle.

Después Emily pudo ver a «Bestia». Corría y saltaba sobre cada montoncito de nieve.

Al ver a Emily se detuvo.

—¿Qué traes? —preguntó.

—Pastelillos espolvoreados de rojo.

—Que lástima que no nos podamos comer uno ahora —dijo «Bestia».

—Abre esa esquina de la caja. He puesto uno de más —dijo Emily.

Richard hurgó en la caja hasta sacarlo.

—¿Quieres medio? —ofreció.

Emily negó con la cabeza.

—No. Ayer me di cuenta de que soy una acusona. Igual de mala que Sherri Dent.

—Sherri no es tan mala —opinó «Bestia».

—No —admitió Emily—. Y a veces es muy graciosa.

Richard dio un mordisco al pastelillo.

—Anda, vamos —dijo.

—Estoy aún muy preocupada —confesó Emily—. Muy preocupada por haber estado fuera en la nieve.

Los dos amigos cruzaron la calle.

—Se me había olvidado todo eso —confesó Richard, y se metió en la boca el resto del dulce.

—Tal vez deberíamos decírselo a la señorita Rooney —apuntó Emily.

—Mira. Ya me hicieron repetir una vez —protestó el chico.

Abrieron las puertas marrones grandes.

Eran los primeros en llegar a clase.

Emily colocó la caja de los pastelillos sobre la mesa de la señorita Rooney.

Luego hundió la mano en el bolsillo. Y echó unas cartas en el buzón de San Valentín. Ahora estaba completamente lleno.

«Bestia» fue a su asiento.

—Voy a dibujar un George Washington —dijo.

—Estoy harta de preocuparme por haber salido el otro día a la nieve —confesó Emily.

«Bestia» tomó un lápiz.

—Mi lápiz blanco tiene cosas negras pegadas —dijo—. Así no puedo dibujar el cabello de George Washington.

Emily señaló su estuche.

—Toma mi lápiz blanco —ofreció.

La niña volvió a su asiento.

Richard se inclinó sobre su papel.

—George Washington nunca dijo una mentira —comentó.

—Eso, fue el Honrado Abe —le rectificó Emily.

—No —protestó «Bestia»—. Fue Washington—. Una vez cortó la rama de un cerezo. Y luego se acusó a sí mismo de haberlo hecho.

—Eso es lo que tendríamos que hacer nosotros —dijo Emily.

Se abrió la puerta. Era la señorita Rooney.

—Feliz día de San Valentín —dijo.

La señorita Rooney se quitó los guantes.

Emily miró a «Bestia».

Él asintió con la cabeza.

—Hicimos una cosa mala, señorita Rooney —dijo Emily.

—Sí —corroboró «Bestia».

Emily respiró profundamente antes de decir:

—Fuimos nosotros los que...

—Los que... ¿qué? —preguntó la señorita Rooney.

—Los que salimos a la nieve —concluyó Richard.

—¡Ah, ya! —contestó la señorita Rooney. —La señora Miller me dejó una nota sobre eso.

Nadie añadió nada durante unos momentos. Emily pudo oír a los niños en el pasillo.

—No volveré a hacer una cosa así nunca más —prometió Emily.

La señorita Rooney miró a Richard:

—¿Prometes lo mismo tú también? —preguntó.

—También —dijo Richard—. Voy a ser como el Honrado Abe y como George Washington.

—Me alegro mucho de oírtelo decir.

La profesora se acercó a su mesa.

Emily se sentó y exhaló un profundo suspiro.

La señorita Rooney abrió la caja de pastelillos.

—Eres una buena repostera, Emily —dijo.

Emily buscó en su pupitre. Le quedaba una estrella.

Tenía que escribir otra carta de San Valentín.

Una carta para Sherri Dent.

Sacó un lápiz rojo.

Toma una estrella de San Valentín.

Intentó encontrar una palabra que rimase con *Valentín*.

Estaba harta de tanta rima.

Pegó la estrella en lo alto del papel y puso al pie: *Adivina quién soy.*

Se acercó al buzón y metió la carta.

A Sherri le gustaría.

Emily estaba deseando que empezase la fiesta del día de San Valentín.

Esperaba recibir un montón de cartas.

FIN